UN MOT AUX PARENTS

Lorsque votre enfant est prêt à aborder le domaine de la lecture, le choix des livres est aussi important que le choix des aliments que vous lui préparez tous les jours.

La série **JE SAIS LIRE** comporte des histoires à la fois captivantes et instructives, agrémentées de nombreuses illustrations en couleurs, rendant ainsi l'apprentissage de la lecture plus agréable, plus amusant et plus en mesure d'éveiller l'intérêt de l'enfant. Un point à retenir: les livres de cette collection offrent *trois niveaux* de lecture, de façon que l'enfant puisse progresser à son propre rythme.

Le **NIVEAU 1** (préscolaire à 1re année) utilise un vocabulaire extrêmement simple, à la portée des très jeunes. Le **NIVEAU 2** (1re - 3e année) comporte un texte un peu plus long et un peu plus difficile. Le **NIVEAU 3** (2e - 3e année) s'adresse à ceux qui ont acquis une certaine facilité à lire. Ces critères ne sont établis qu'à titre de guide, car certains enfants passent d'une étape à l'autre beaucoup plus rapidement que d'autres. En somme, notre seul objectif est d'aider l'enfant à s'initier progressivement au monde merveilleux de la lecture.

Dépôts légaux: 3e trimestre 1992
Bibliothèque nationale du Québec
Bibliothèque nationale du Canada

ISBN: 2-7625-7319-X
Imprimé au Canada
LES ÉDITIONS HÉRITAGE INC.
300, rue Arran, Saint-Lambert (Québec)   J4R 1K5
(514) 875-0327

NOS HÉROS

LE FANTÔME DU PIRATE

Texte de Geoffrey Hayes

Traduit de l'anglais par
Marie-Claude Favreau

Niveau 2

EH **Héritage jeunesse**

Ce jour-là, à Baie-des-Corsaires, Octave et son oncle Edmée rangent le grenier.

— Qu'y a-t-il dans ce vieux coffre? demande Octave.

— Des souvenirs que j'ai ramenés, il y a très longtemps, de mes voyages en mer, répond oncle Edmée.

Il ouvre le coffre et en sort une belle trompette en argent.

— J'ai trouvé ceci sur l'Île-aux-Noix. Ah, quelle aventure ça a été! s'exclame-t-il.

— Moi aussi, j'aimerais vivre des aventures, dit Octave. Ici, il ne se passe jamais rien.

Oncle Edmée tend la trompette à Octave en lui disant:

— Si tu la veux, elle est à toi.

— Oh, merci! dit Octave.

Il souffle dans l'instrument.

Pas un son.

Il prend une grande inspiration et souffle encore. Cette fois, la trompette fait un petit «pfrout!».

— Essaie encore, dit l'oncle Edmée, tu vas y arriver.

Octave sort en courant avec sa trompette.

Au même moment, tante Aline, la sœur de l'oncle Edmée, surgit dans le sentier.

Elle n'a pas vu Octave.

— Pfruit! fait la trompette.

Effrayée, tante Aline crie.

Oncle Edmée arrive en courant.

— Excuse-moi, tante Aline, dit Octave. J'essayais de jouer!

— J'ai cru que c'était le fantôme! dit tante Aline.

— Quel fantôme? demande Octave.

— Celui qui a saccagé ma boutique,
répond tante Aline. En ouvrant la porte ce
matin, j'ai vu... un fantôme qui me regardait
avec ses gros yeux rouges! Je me suis enfuie
le plus vite que j'ai pu!

— Voyons, Aline, dit oncle Edmée,
les fantômes n'existent pas.

— Ils existent puisque j'en ai vu un!
insiste tante Aline en tapant du pied.

Octave bondit de joie.

— Partons à la recherche du fantôme!
dit-il. Ça peut être le début d'une aventure.

Ils se dirigent tous les trois vers
la boutique de tante Aline.

Ils passent devant le bateau du capitaine
Jambe-de-bois.

Le capitaine est sur le pont; il ramasse
du linge mouillé.

— Sabre de bois! marmonne-t-il.

— Que se passe-t-il? lui demande oncle Edmée.

— On m'a volé ma corde à linge! répond le capitaine.

— Je parie que c'est le fantôme! dit tante Aline.

— Quel fantôme? demande le capitaine.

— Il y a un fantôme à Baie-des-Corsaires, dit Octave. Et nous allons l'attraper.

— Attendez-moi, dit le capitaine, je viens avec vous.

Ils passent devant l'auberge.

Joé Macareux est juché sur un tabouret devant sa porte. Il a un cigare dans une main et dans l'autre une brosse à récurer. Il frotte énergiquement.

— Que fais-tu, Joé? demande oncle Edmée.

— Quelqu'un est entré cette nuit, répond le macareux. Tout est à l'envers à l'intérieur. Et puis, regardez ça.

Sur la porte, il y a une tête de mort peinte.

— C'est sûrement le fantôme, dit tante Aline.

Octave explique la situation à Joé.

— Nous voulons l'attraper. Tu veux nous aider?

— Bien sûr, répond Joé Macareux.

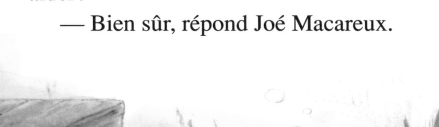

Sur la pointe des pieds, ils s'approchent de la boutique de tante Aline. Ils jettent un coup d'œil à l'intérieur.

Tante Aline se lamente.

Le plancher est jonché de boîtes et de bocaux, de gommes à mâcher et de jujubes.

Mais aucune trace du fantôme.

— Ce fantôme aime mettre tout sens dessus dessous, constate oncle Edmée.

— Quel bon détective tu fais! se moque tante Aline. On s'en était déjà tous rendu compte, figure-toi!

Elle compte les boîtes.

— Ce fantôme est un voleur, dit-elle. Il a pris cinq boîtes de caramels et un jeu de cartes. C'est grave. Que comptes-tu faire, Edmée?

Oncle Edmée tire une bouffée de sa pipe.

— Je vais à l'auberge, répond-il. Manger m'aide à réfléchir.

À l'auberge, Joé leur sert un bol de soupe.

— Alors, dit oncle Edmée. Comment allons-nous capturer ce fantôme? Un voleur revient toujours sur les lieux de son crime.

— Les fantômes aussi? demande Octave.

— C'est ce que nous allons voir, répond oncle Edmée. Il faut l'attirer avec quelque chose.

— Je sais, dit Octave, ma trompette!

— Bonne idée, Octave, dit oncle Edmée. Voici ce que nous allons faire...

Ce soir-là, Octave pose sa trompette dans la rue en face de l'auberge.

Elle luit au clair de lune.

Octave se glisse dans un baril.

Oncle Edmée est caché sous un porche.

Le capitaine Jambe-de-bois est tapi derrière le comptoir dans l'auberge.

Et Joé Macareux, muni d'un filet, vole sur le toit.

Minuit sonne.

Octave sort de sa cachette et jette un coup d'œil au coin de la rue.

Il aperçoit une ombre énorme.

Est-ce le fantôme?

Non! C'est oncle Edmée.

— Chut! murmure celui-ci. Voici
le fantôme! Octave retient son souffle.

Le fantôme se penche pour ramasser
la trompette.

— Maintenant! crie oncle Edmée.

Alors, suivi d'Octave, il s'élance.

Le capitaine Jambe-de-bois allume
les lumières de l'auberge.

Joé Macareux plonge du toit et jette le filet
sur le fantôme.

Le fantôme réussit à s'enfuir.

Il court dans une allée sombre.

Tout le monde le pourchasse.

Trop tard, il a disparu!

Oncle Edmée se gratte la tête.

— Ça alors, dit-il. Ce voleur est peut-être vraiment un fantôme!

— Regardez! dit Octave.

Il pointe un trou d'égout.

Octave plonge son fanal dans le trou.
Il voit quelque chose flotter sur l'eau!
Il descend dans le trou et, avec son épée,
retire l'objet.

— Un chapeau de pirate! s'exclame oncle
Edmée. On dirait celui de Filou Rascasse.

— Mais il s'est noyé en mer, non?
demande Joé Macareux.

— En effet, répond oncle Edmée. Mais ça
ne m'étonnerait pas qu'il soit revenu nous
hanter.

— Et il a ma trompette à présent,
dit Octave d'une voix triste.

— Nous allons la retrouver, dit oncle
Edmée. Demain, j'irai rendre visite à
la veuve Lataupe sur la presqu'île des
Flibustiers. Elle travaillait avec Filou
Rascasse autrefois. Elle pourra peut-être nous
renseigner. Maintenant, allons dormir.

Le lendemain, Octave se lève très tôt.

Il descend avec son épée, une carte,
un fanal et une longue-vue.

— Paré pour la chasse au fantôme?
demande oncle Edmée.

Il ouvre la porte.

— Oh! s'exclame-t-il alors.

Sur la porte, il y a une feuille de papier retenue par un couteau.

Octave lit:

RENDEZ-MOI MON CHAPEAU
OU VOUS LE REGRETTEREZ!

C'est signé «Filou Rascasse».

Oncle Edmée renifle.

— J'ai vu bien des choses étranges dans ma vie, mais encore jamais de mot écrit par un fantôme.

Oncle Edmée fait avancer la barque dans les marais.

Octave observe avec sa longue-vue. Mais le brouillard est si épais qu'il ne peut rien voir.

— C'est lugubre ici, dit-il.

— Tu n'as pas peur, hein? demande oncle Edmée.

— Bien sûr que non, répond Octave.

Veuve Lataupe

Salle de billard

Bientôt, à travers le brouillard, ils entendent jouer du piano.

Ils prennent un virage, puis accostent près de la salle de billard de la veuve Lataupe.

Oncle Edmée et Octave ouvrent
brusquement la porte et entrent.

La salle est bondée de marins à l'air
louche.

Certains jouent au billard.

D'autres boivent de la bière.

La veuve Lataupe joue du piano.

28

— Edmée! Que le Grand Cric me croque! s'exclame-t-elle. Qu'est-ce qui t'amène ici?

— Un fantôme, répond oncle Edmée.

La veuve Lataupe cesse brusquement de jouer.

Un grand silence emplit la salle.

Oncle Edmée montre le chapeau de pirate
à la veuve Lataupe.

— Aucun doute, c'est le chapeau de Filou
Rascasse, dit-elle. C'était un méchant pirate,
mais un bon ami. Je suis triste qu'il soit mort.

— Il n'est peut-être pas mort, dit oncle
Edmée. Il est peut-être même ici, sur
la presqu'île des Flibustiers. C'était sa
cachette préférée, non?

— Oui, répond la veuve. Dans une grotte.
Mais je ne sais pas où. C'était son secret.

— Merci, dit oncle Edmée. Nous allons
jeter un coup d'œil aux alentours.

Octave et oncle Edmée sortent... et s'écroulent sur le quai!

Octave laisse s'échapper le chapeau de Filou Rascasse.

Le fantôme l'attrape, le pose sur sa tête et s'évanouit dans le brouillard.

— Que s'est-il passé? demande Octave.

Oncle Edmée pointe la porte.

— Tu vois cette corde? dit-il. C'est
la corde à linge du capitaine Jambe-de-bois.
Le fantôme nous a tendu un piège. Attends-
moi ici, Octave. Je vais attraper ce fantôme
une bonne fois pour toutes!

Il s'empare de la corde à linge et se dirige
vers la plage.

Octave s'assoit sur le quai. Mais, bien vite,
il en a assez d'attendre.

— Je vais aller un peu vers la plage,
se dit-il.

Tandis qu'il avance, Octave voit une carte
à jouer prise dans un buisson. En écartant
les branches, il aperçoit une grotte!

Une chauve-souris en sort.

— Les aventures, c'est plus épeurant que
je ne croyais, dit Octave.

Il brandit son épée, éteint son fanal et entre
dans la grotte.

Quelle surprise!

Dans un coin, il y a un lit et un coffre.

Le lit est parsemé de cartes à jouer et de papiers de bonbons.

La trompette d'Octave est posée sur le coffre.

Octave se retourne.

Le fantôme est là et le regarde avec ses gros yeux rouges!

Octave est pris au piège!

Les yeux s'approchent, s'approchent.

Octave saisit sa trompette et souffle le plus fort qu'il peut.

«Pouêêêêt!» fait la trompette.

Le son est si puissant et si surprenant, que le fantôme bondit et sort de la grotte en courant.

Même oncle Edmée a entendu la trompette.

Il revient en courant de la plage.

— Octave où es-tu? appelle-t-il.
Tout va bien?

— Ououou-i, répond Octave. Mais
le fantôme s'est enfui.

— Le voilà! crie oncle Edmée.

Il pointe du doigt les rochers. Octave lève
les yeux.

Tout en haut, une forme sombre
se dissimule.

— C'est le chapeau de Filou Rascasse!
Allons-y! crie oncle Edmée.

Ils escaladent les rochers.

Mais au moment où ils vont atteindre
le sommet, le fantôme se lève et saute au bas
de la falaise!

Oncle Edmée et Octave courent vers le bord de la falaise.

Plus bas, dans la crique, ils voient un navire échoué. Le fantôme court sur le pont.

Soudain, on entend un grand CRAC!

Le navire pourri se fend en deux.

Le fantôme passe au travers du pont et tombe à l'eau. SHPLOUF!

Tout près, quelque chose surgit de l'eau.

— Une pieuvre! crie Octave.

— Au secours! crie le fantôme. Aidez-moi!

Oncle Edmée lui lance la corde à linge.
Le fantôme l'attrape. Octave et oncle Edmée
le tirent hors de l'eau.

Le chapeau du pirate tombe et atterrit sur
la tête de la pieuvre.

— On dirait que ce chapeau a trouvé
un nouveau propriétaire, dit oncle Edmée.

Le fantôme tout trempé se tient devant
eux.

— Maintenant, ôte ce costume idiot,
dit oncle Edmée. Nous savons que tu es Filou
Rascasse.

— Non, répond le fantôme.

Il enlève son costume.

— Je suis son fils, Frédo. Et je suis deux
fois plus costaud que lui.

— C'est ce que nous verrons quand
tu seras en prison, dit oncle Edmée.

Frédo est bien malheureux.

— Ne m'envoyez pas en prison,
supplie-t-il. La vie à l'orphelinat a déjà été
très dure. Je me suis sauvé pour devenir pirate
comme mon papa.

Oncle Edmée secoue la tête.

— Écoute-moi, Frédo Rascasse, la vie
de pirate ça n'attire que des ennuis. Jusqu'à
présent tu as embêté tout le monde. Tu as volé
des choses. Et tu as même perdu le chapeau
de ton père.

— Je suis désolé, dit Frédo. Mais je ne sais
rien faire d'autre.

— Octave et moi, nous allons t'apprendre
à mener une vie honnête, dit oncle Edmée.

— D'accord, dit Frédo. Je vais essayer.

Frédo n'ira pas en prison. Mais il doit payer pour ses crimes.

Il rend sa corde à linge au capitaine Jambe-de-bois et lui lave même son linge.

Il fait ses excuses à Joé Macareux. Joé lui pardonne à condition qu'il lave la vaisselle et frotte le plancher.

Enfin, Octave, oncle Edmée et Frédo
se rendent à la boutique de tante Aline.

— Voici ton fantôme, lui dit oncle Edmée.
Et il lui raconte toute l'histoire.

— Ça alors! dit tante Aline.

— Je vais vous rembourser en travaillant
dans votre boutique, lui dit Frédo Rascasse.

Tante Aline réfléchit.

— À bien y penser, ça me serait utile,
dit-elle enfin à Octave et à oncle Edmée.
Je vais veiller à ce qu'il se conduise mieux et
je vais lui apprendre à lire et à écrire.

Frédo Rascasse pousse une plainte.

Tante Aline laisse à Octave et à oncle Edmée le reste des bonbons volés.

— Ce n'est pas une très forte récompense dit Octave, mais on s'est bien amusé.

— C'est plus excitant que de raccommoder des filets de pêche, dit oncle Edmée. On pourrait peut-être essayer de percer d'autres mystères.

— Et vivre d'autres aventures! ajoute Octave.

Et c'est ce qu'ils font!

OCTAVE
ET EDMÉE
Détectives-aventuriers
À l'heure, à la journée,
ou à la semaine.